GUÍA DE LECTURA

Escrita por Natalia Torres Behar

La casa de los espíritus

de Isabel Allende

ResumenExpress.com

Guía de lectura

Escrita por Natalia Torres Behar

La casa de los espíritus

de Isabel Allende

ResumenExpress.com

GUÍA DE LECTURA
Resumen Express.com
GUÍA DE LECTURA
Cincuenta sombras de Grey
de E. L. James

ISABEL ALLENDE 9

LA CASA DE LOS ESPÍRITUS 13

RESUMEN 17

Primera generación

Segunda generación

Tercera generación

ESTUDIO DE LOS PERSONAJES 25

CONSIDERACIONES FORMALES 41

Género: ¿realismo mágico?

Forma, estilo y lenguaje

TEMÁTICAS Y CLAVES DE LECTURA 47

La política latinoamericana: la eliminación sistemática del otro

La familia y los valores

El feminismo y la liberación de la historia

El templo del amor

PISTAS PARA LA REFLEXIÓN 57

PARA IR MÁS ALLÁ 63

ISABEL ALLENDE

EXILIO Y NACIONALISMO

- **Nacida en 1942 en Lima (Perú)**
- **Funciones destacadas:**
  - Miembro de la Academia Estadounidense de las Artes y las Letras
- **Algunas de sus obras:**
  - *De amor y de sombras* (1984), novela
  - *Paula* (1994), obra autobiográfica
  - *La ciudad de las bestias* (2002), novela
  - *El reino del dragón de oro* (2003), novela
  - *El bosque de los pigmeos* (2004), novela

Isabel Allende nació en Lima en 1942 mientras su padre, Tomás Allende Pesse, trabajaba para la embajada chilena en Perú, país en el que la futura escritora pasó sus primeros años hasta que el matrimonio de sus padres se disolvió. Entonces volvió a Chile junto con su madre y sus dos hermanos menores, donde vivió entre los años 1946 y 1953. Posteriormente vivió en Bolivia y en el Líbano antes de volver a Chile en 1959, donde se casó y tuvo dos hijos con su ahora exmarido Miguel Frías.

Allende trabajó varios años como periodista en distintas revistas y periódicos, tanto durante su estadía en Chile como más adelante, algo que le otorgó el rigor investigativo que luego se vería reflejado en novelas como *La casa de los espíritus*. En esta misma época empezó a experimentar con los cuentos infantiles y la dramaturgia. En 1975 se vio obligada a exiliarse con su familia por la difícil situación de Chile y su cercanía, familiar y política, con el difunto presidente Allende. Vivió durante 13 años en Venezuela, lugar donde posteriormente escribiría su primera novela.

El exilio es un tema sutil dentro de *La casa de los espíritus* ya que, si bien se menciona pocas veces, el tono general del libro es el de la remembranza, el de alguien que desde fuera, en la distancia, parece poder ver todo el proceso histórico del país con una claridad que le ha sido forzada. La novela es una suerte de memoria que Allende dedica a su hija; es un testimonio de los procesos históricos de su país y de otros países de América Latina.

La casa de los espíritus se convertiría en una de sus obras emblemáticas junto a *De amor y de sombras (1984), Paula (1994) y* su trilogía de novelas juveniles: *La ciudad de las bestias (2002), El reino del dragón de oro (2003)* y *El bosque de los pigmeos (2004).*

¿SABÍA QUE...?

Isabel Allende es considerada la escritora viva con más ventas en lengua española, con cerca de 65 millones de ejemplares vendidos y traducciones a 35 idiomas. Es de nacionalidad chilena y su padre Tomás era primo-hermano del difunto presidente chileno Salvador Allende, asesinado durante un golpe de Estado perpetuado por el Ejército, la Armada y la Policía chilena el martes 11 de septiembre de 1973.

LA CASA DE LOS ESPÍRITUS

¿LITERATURA «SERIA» O COMERCIAL?

- **Género:** novela
- **Edición de referencia:** Allende, Isabel. 1983. *La casa de los espíritus.* Barcelona: Plaza & Janes S. A. Editores
- **Primera edición:** 1982
- **Temáticas:** política, familia y valores, amor, muerte, feminismo

Una de las características de Isabel Allende que *La casa de los espíritus* sacó a relucir inmediatamente es la dualidad a la que se ha enfrentado toda su carrera entre la buena recepción del público general, traducida en sus millonarias ventas de libros, y el desdeño y rechazo total por parte de la crítica literaria y los autores reconocidos dentro de la Academia. Allende ha sido tildada de escritora de poca importancia en más de una ocasión por grandes figuras del ámbito, como su compatriota Roberto Bolaño (1953-2003), y se le ha comparado con otros escritores, como Gabriel García Márquez (1927-2014), afirmando que no es más que una copia menor y menos talentosa.

La casa de los espíritus es la historia de cuatro generaciones de la familia Trueba-del Valle que surge mediante la unión de Esteban Trueba y Clara del Valle, ambos hijos de la aristocracia de su país. La historia de la familia sirve como una suerte de excusa para, por un lado, contar la historia del país que habitan, y por el otro poner en discusión temas universales como la familia y el choque generacional, los valores, el amor y el feminismo.

Si bien la calidad de la narrativa de Allende ha sido juzgada como dudosa frente a la de sus pares latinoamericanos, novelas como *La casa de los espíritus* son valiosas en la medida en que son un testimonio del contraste entre un Chile —y una Latinoamérica— que pujaba por el progreso y la apertura política y una derecha cruel e implacable que hizo todo lo que estaba en su poder para impedirlo.

¿Sabía que...?

La novela cuenta con una adaptación cinematográfica (1993) dirigida por Bille August y escrita por la misma Allende. Además, cuenta con un reparto importante que incluye grandes nombres, como Winona Ryder, Meryl Streep, Jeremy Irons, Glenn Close y Antonio Banderas. Al ser una novela extensa que cubre un vasto universo temporal, la adaptación cinematográfica a veces peca de ser un poco lenta en términos de acción, pero de ir muy rápido en comparación con el libro.

El enorme éxito que cosechó la novela a nivel mundial la ha llevado a ser adaptada a otros formatos, como el teatro. De hecho, *La casa de los espíritus* es producto de una revisión de Allende de unos textos dramatúrgicos que había escrito previamente. Una de las adaptaciones teatrales más reconocidas fue hecha por Caridad Svich, una dramaturga y editora muy reconocida que ha sido premiada con varios galardones.

RESUMEN

La novela se puede dividir en tres generaciones distintas de la familia Trueba-del Valle, la paralela familia García y unos cuantos personajes que se cruzan en su camino.

PRIMERA GENERACIÓN

Todo comienza de la misma manera en que termina, con una frase en un diario escrita por Clara, la hija menor de la familia del Valle, que dice: «Barrabás llegó a la familia por vía marítima» (Allende 1983, 9). En esta primera parte se cuenta la historia de cómo Barrabás, el perro de Clara, llegó a la familia tras una bochornosa escena que obliga a los del Valle a abandonar la iglesia en medio de la misa de domingo.

En ese fragmento se presentan los personajes relevantes de la familia del Valle: Severo, el padre, un abogado masón y ateo que encuentra en la asistencia a misa un deber público que debe asumir para cumplir sus aspiraciones políticas como miembro del partido liberal; Nívea, la madre, una mujer tierna y religiosa que, sin embargo, detesta las misas arcaicas que se imparten en su iglesia, y que se dedicará con devoción a la crianza de sus hijos y a luchar por el voto femenino; Rosa, la hija mayor, conocida como «La Bella» por su porte casi divino, prometida al joven Esteban Trueba; y finalmente Clara, una niña taciturna, inocente (su espíritu de niña le duraría la mitad de la vida), con poderes sobrenaturales y con la manía de anotar todos los eventos de su vida en una serie de diarios y cuadernos. Clara puede mover cosas con su mente y comunicarse con los fantasmas, tiene el don de la clarividencia. Una de las primeras visiones que tiene es la de alguien de su familia que va a morir por error. Acto seguido, su hermana Rosa «La Bella» muere envenenada en lugar de su padre, a quien estaba destinada la sorpresa. Al cumplirse la profecía, Clara decide no hablar durante 9 años.

Esteban Trueba, el joven prometido de Rosa, se encuentra trabajando en una mina, buscando enriquecerse rápido para casarse con su amada. Al morir su prometida, Trueba se interna en Las Tres Marías, una hacienda de su familia arruinada por el derroche alcohólico del padre. En Las Tres

Marías conoce a Pedro García, quien le ha de salvar la vida, a Pedro Segundo García, el líder de los inquilinos que le han de labrar la tierra durante toda su vida, y a Pancha García, su hermana, a la cual viola y hace su concubina hasta dejarla embarazada de un hijo bastardo. Durante su estadía en Las Tres Marías y tras la muerte de Rosa, se empieza a perfilar la personalidad colérica de Estaban, que sufre episodios de ira que le hacen romper todo tipo de objetos, maldecir como un marinero y atacar a los que más ama. Eventualmente Esteban debe volver a la capital a ver morir a su madre, Ester Trueba. Ester es cuidada durante toda su enfermedad por Férula Trueba, su hija solterona, muy religiosa y movida por el placer de la entrega cristiana propia de una santa. Antes de la muerte de Ester, Esteban le promete que se casará y engendrará hijos para pasar el apellido familiar. Así, Esteban Trueba vuelve a la casa del Valle y le pide matrimonio a Clara.

SEGUNDA GENERACIÓN

Esteban y Clara Trueba tienen tres hijos. Esteban amasa una fortuna considerable y se convierte en un oligarca de renombre que construye una gran mansión en la capital, llamada «La casa de la esquina», un lugar mágico donde habitan fantasmas con los que Clara se comunica constantemente. Blanca es la hija mayor, una mujer bella que se enamora irremediablemente del hijo de Pedro Segundo, Pedro Tercero García, un joven músico de ideales comunistas, apuesto, generoso, con carácter contestatario y revolucionario, también enamorado de ella, que a su vez es hija de su patrón. Pedro Tercero es expulsado de la hacienda por rebelarse ante el patrón y por sus ideales.

Los otros dos hijos Trueba son los mellizos Jaime y Nicolás. El primero es de pensamiento socialista y dedica su vida a la medicina y a atender a los pobres y necesitados. Su devoción llega a tal punto que constantemente le regala la ropa que lleva puesta a los pobres. El segundo es todo lo contrario: un libertino encantador que hereda de su madre el gusto —y no la habilidad— por lo mágico y paranormal y que al final se dedica a encontrar el nirvana y la pureza espiritual por medio de técnicas que aprende en sus viajes a Oriente. Nicolás, tras una cólera de su padre, termina expulsado por este y pasa el resto de su vida en los Estados Unidos. A ambos, antes que la fraternidad, los une una mujer: Amanda, la amante de Nicolás y objeto de obsesión amorosa de Jaime.

TERCERA GENERACIÓN

Eventualmente Blanca tiene una hija bastarda, Alba de Satigny Trueba, producto de su romance con Pedro Tercero. Su padre, sin embargo, la obliga a casarse con un conde francés, Jean de Satigny, horrorizado por la posibilidad de un hijo bastardo en familia. El matrimonio no dura mucho. Alba es la única persona con la que Esteban tiene una relación cercana dentro de la familia.

La familia discute constantemente con el jefe de casa, Esteban, por su temperamento y su posición reaccionaria. La lucha interna de los Trueba es la lucha de un país que durante todo este tiempo se debate entre la continuación del poder de la derecha y la posibilidad de un Gobierno de izquierda. Las tensiones internas incluso alcanzan la relación entre Esteban y Clara, que queda hecha añicos cuando este la sienta de un puñetazo y le rompe los dientes. Después

Clara fallece, entre las lágrimas de la familia y una pataleta explosiva y destructiva de Esteban. Sin embargo, su espíritu permanece en la casa.

Luego, durante la joven adultez de Alba y su época de universidad, sale elegido un presidente socialista. En la familia todos se regodean y lo celebran, excepto Esteban, que ahora es senador y que empieza a tramar artimañas en secreto para sabotear económicamente al Gobierno.

En esta época, Alba conoce a Miguel, hermano menor de Amanda, la amante de su tío Nicolás, un joven estudiante revolucionario y comunista con ideas mucho más radicales que las de su tío Jaime o su padre legítimo Pedro Tercero. Ambos se enamoran perdidamente el uno del otro y su romance se extiende aun cuando las artimañas de Esteban Trueba y sus socios políticos desembocan en un golpe militar.

Este es un momento decisivo: las posturas de Esteban, que ocasionan la muerte de Jaime; el eventual exilio de Blanca, que huye junto a su amante de toda la vida, Pedro Tercero; la eventual derrota mental de Esteban, quien admite su error al gestar el golpe; y, sobre todo, la detención, violación y tortura de Alba, perpetrada por Esteban García, nieto ilegítimo de Esteban Trueba, quien lamentará y asumirá el hecho como responsabilidad propia. Esteban García creció en la pobreza y con el odio de ver a la familia del patrón. Eventualmente, Alba es rescatada gracias a Tránsito Soto, una prostituta hecha empresaria, con poder y conexiones en la dictadura militar, que le debía un favor al abuelo de la joven. La novela concluye cuando Alba es liberada y vuelve a la casa de su abuelo. En este momento, con una hija en el vientre producto de las violaciones o de su romance con Miguel, Alba decide recuperar los diarios de su abuela y escribe la historia que consolida la novela.

ESTUDIO DE LOS PERSONAJES

ESTEBAN TRUEBA

Esteban es el patriarca de la familia Trueba, un joven de buena familia caída en desgracia por el alcoholismo rampante de su padre. No es un tipo apuesto pero tampoco desagradable a la vista. Destaca en su juventud por su altura y su delgadez. La pobreza y la culpa, siendo esta segunda producto del cristianismo ortodoxo de su hermana, forjarán su carácter fuerte, iracundo, terco e inamovible. Una de las características que más destacan de su personalidad son sus ataques de ira, los cuales lo llevarán por momentos a perder cualquier ápice de cordura.

El trabajo duro y su capacidad de dar órdenes a todo el mundo serán la fuente de sus riquezas y también de su pensamiento reaccionario y anticomunista, que constantemente lo hará chocar con el resto de miembros de su familia y con muchos de sus inquilinos, de pensamiento más libertario e inclinado a la izquierda.

CLARA TRUEBA DEL VALLE

Clara es la menor de las hijas de Severo y Nívea del Valle. Nace en el seno de una familia aristócrata y poderosa, en medio de un mar de hermanos de entre los cuales la narración solo resalta a Rosa. Clara no es particularmente bella en términos físicos, pero se podría considerar atractiva. Tiene además una frescura y una personalidad encantadora que ablandan constantemente el corazón de Esteban, su marido. Es diligente, empática y se preocupa por los demás independientemente de si tienen una relación de parentesco o no. Ayuda constantemente a los pobres y a los necesitados, rasgo heredado de su madre y que enseñará a sus hijos. También tiene la manía de la mudez y en varias ocasiones pasa años enteros sin abrir la boca. Disfruta del silencio, algo que también heredarán algunos de sus descendientes, como Jaime.

Sin lugar a dudas, la característica más importante de Clara son sus poderes sobrenaturales. Entre otras cosas, predecirá muertes, matrimonios, catástrofes naturales e incluso el golpe militar y la dictadura. Algo importante a tener en cuenta es su manía de anotar todos los acontecimientos de los Trueba, casi cotidianamente, en una serie de diarios y cuadernos que luego servirán para reconstruir el relato.

ROSA DEL VALLE, «LA BELLA»

Rosa es la hija mayor del matrimonio entre Severo y Nívea. Le apodan «La Bella» por su belleza divina, mitológica, y constantemente se la compara con un ángel o una sirena. Su belleza hace pensar a los demás personajes que la rodean que no es un ser de este mundo, y esto se traduce en su personalidad desorbitada y su manía por tejer. Rosa teje animales extraños, producto de su imaginación, híbridos y cuasi mitológicos, acción que Blanca Trueba, su sobrina, replicará años después con la cerámica. Rosa muere envenenada con un aguardiente destinado a su padre, quien empezaba una campaña política.

FÉRULA TRUEBA

Férula es la hermana mayor de Esteban, una religiosa ortodoxa con una obsesión por el sacrificio y la entrega digna de un santo. Férula encuentra en el sacrificio un placer prácticamente sexual, lo cual la mantiene en contradicción. Tras dedicar la primera mitad de su vida a cuidar de su madre enferma y a criar a su hermano menor, Férula queda sin rumbo una vez muere Ester Trueba. Clara, sin embargo, decide acogerla en su hogar y, desde este momento, Férula decide dedicarle su vida por entero en una diligencia que constantemente se tiñe de amor lésbico por su cuñada.

Férula vivirá con su hermano y cuñada hasta que su obsesión por Clara se transforma en una pelea de celos con Esteban, quien echa a Férula de la casa. Antes de irse esta maldice a Esteban diciéndole que «se le encogerá el alma y el cuerpo y morirá como un perro» (Allende 1983, 121), maldición que se cumple a medias, pues el patriarca Trueba termina encogiéndose bruscamente con los años. La mujer morirá expulsada de su hogar, en un barrio pobre, en medio de la soledad, la tristeza y la religión como última luz.

BLANCA TRUEBA

Blanca es la mayor de los hijos de Esteban y Clara, y mantiene una muy mala relación con su padre. Es una mujer bella, de rasgos morenos, producto de la herencia morisca de Esteban.

Blanca se enamora desde muy temprana edad de Pedro Tercero, el hijo del administrador de Las Tres Marías y siervo de su padre. Su vida va a girar en torno al amor prohibido que mantiene con Pedro Tercero, que la lleva a fingir múltiples enfermedades para faltar al colegio y pasar largas temporadas en la hacienda «recuperándose». Tanto fingir va a hacer de ella una hipocondriaca feroz.

Eventualmente, cuando su padre se entera del romance, castiga fuertemente a Blanca con un látigo y promete matar a su amante. Esto desencadenará la ruptura de relaciones entre Blanca y su padre y entre este último y su esposa. Además, al enterarse Esteban de su embarazo, la obliga a casarse con un conde francés y a irse a vivir al norte, matrimonio que no durará mucho pero jamás será absuelto. Blanca pasará su madurez cuidando a su hija Alba y haciendo pesebres. Finalmente se exiliará durante la dictadura y vivirá sus últimos años en Canadá junto al hombre al que siempre amó y con el que nunca pudo tener una relación plena.

JAIME TRUEBA

Jaime es uno de los mellizos Trueba, hermanos menores de Blanca. A pesar de ser mellizos, Jaime y Nicolás no se parecen en nada y realmente no tiene una relación estrecha. Jaime es un hombre macizo, enorme, la definición física del macho. Se tiene que afeitar dos veces al día y aun así se le nota la barba. Su carácter, sin embargo, es opuesto a su físico: es un hombre sensible y diligente; vulnerable y con vocación por ayudar a los demás. Jaime ahoga su dolor emocional en el estudio, el trabajo y la ayuda a los más necesitados. El desamor será una constante en su vida, siendo el primero Amanda, amante de su hermano.

Está políticamente comprometido con la izquierda y tiene una estrecha relación con Pedro Tercero, el amante de su hermana y enemigo de su padre. Además, es cercano al Presidente, el dirigente socialista que sube al poder antes del golpe. Jaime morirá tras ser capturado el día del golpe al intentar defender al Presidente, y sufrirá torturas físicas, morales, mentales y espirituales antes de ser fusilado.

NICOLÁS TRUEBA

Nicolás es el hermano mellizo de Jaime y su total opuesto. Es un hombre de rasgos delicados y atractivos, no tan alto ni físicamente dotado pero con una inteligencia y una astucia que aprovecha constantemente. Es un galán indiscutible y un hiperactivo sin remedio. Se embarca constantemente en empresas ridículas, como cruzar los Andes en zepelín, y actúa sin pensar en las consecuencias.

Al contrario de su hermano, que es un materialista interesado en la realidad física, política y tangible, Nicolás desarrolla el gusto de su madre Clara por lo etéreo, lo trascendente y lo espiritual. Sin embargo, no desarrolla nunca las capacidades de su madre y esto es motivo de frustración. Nicolás se dedicará a viajar y a aprender cosas que lo llevan a ser desde instructor de flamenco hasta guía espiritual. Su padre lo echará de casa tras una discusión y Nicolás montará una academia espiritual en los Estados Unidos.

ALBA TRUEBA

Alba es la última descendiente de los Trueba que se menciona en el libro. Su nombre oficial es Alba de Satigny Trueba, producto del matrimonio de su madre con el conde de Satigny. Sin embargo, Alba nunca conoce a su supuesto padre y muchos años después se entera de que Pedro Tercero es su verdadero progenitor. Alba hereda el pelo verde de su tía abuela Rosa, «La Bella», pero no es una mujer particularmente agraciada y no se considera hermosa hasta que conoce a Miguel, que le muestra cuánto la ama.

Ella es la única persona que entabla una relación estrecha con Esteban Trueba dentro de la familia a pesar de sus diferencias políticas, y es quien le acompaña en su lecho de muerte, rompiendo la maldición de Férula. Alba hereda la compasión por los pobres de su tío y su abuela y el amor desmedido y romántico de su madre. Es torturada y violada durante el régimen militar por alojar disidentes y al final se descubre que ella es la narradora, quien reescribe la historia de su familia por medio de charlas con su abuelo y de los diarios de vida de su abuela.

EL CONDE JEAN DE SATIGNY

El conde es un aristócrata francés de carácter misterioso que llega un día a Las Tres Marías. Esteban lo acoge como invitado, encantado por su refinamiento y maneras europeas. Es un hombre afeminado que pasa horas arreglándose y disfruta de placeres extraños para los Trueba, como jugar al críquet. Es él quien delata el romance entre Blanca y Pedro Tercero, en busca de casarse con la primera para acercarse a la fortuna de su padre.

Una vez casados, se mudan al norte del país, donde el conde contrata a una serie de indios como sirvientes que le ayudan en la casa y fuera de ella —desenterrando momias en el desierto para venderlas de manera ilegal a través del contrabando—. Blanca termina por enterarse de que su marido es homosexual y tiene una relación de concubinato con sus indios sirvientes. Blanca huye a la capital, aún embarazada de Alba, y no lo vuelve a ver.

PEDRO GARCÍA

Pedro Primero es el progenitor de la casta de los García, una familia que vive en el feudo de Esteban Trueba, y trabaja para él. Es un viejo cuando Esteban llega por primera vez a la hacienda, por lo que su hijo es considerado el líder de los inquilinos. Pedro Primero, sin embargo, es un hombre respetable con conocimientos milenarios que salva la hacienda de una plaga de hormigas y que le salva la vida a Esteban tras el terremoto apoteósico que acaba con la de La Nana. Al igual que esta última, es la voz de la sabiduría popular y es quien le enseña a Blanca el arte de moldear la arcilla, que sería su salvación en los momentos más tristes y pobres. Pedro Primero muere de viejo, ciego y sordo, en presencia de su bisnieto Esteban García.

PEDRO SEGUNDO GARCÍA

Pedro Segundo es el líder de los inquilinos que trabajan en Las Tres Marías. Es nombrado administrador del feudo y es un hombre fuerte y trabajador. Odia rotundamente a su patrón, Esteban Trueba, sentimiento que solo es opacado por su lealtad, su mansedumbre y el cariño que le tiene a Clara Trueba, su patrona. Pedro Segundo soporta todas las inclemencias del temperamento de su patrón hasta que este le rompe los dientes de un puñetazo a Clara. Ese día Pedro Segundo decide abandonar Las Tres Marías con lo poco que tiene.

PEDRO TERCERO GARCÍA

Pedro Tercero es el hijo de Pedro Segundo, un joven de pensamiento comunista y revolucionario que difunde las ideas marxistas dentro del feudo de Trueba, lo que le lleva a tener unos roces constantes con su patrón que culminan en su expulsión. Está profundamente enamorado de Blanca Trueba y mantienen un romance que les dura toda la vida y cuyo producto es una niña, Alba Trueba.

Además de revolucionario, Pedro Tercero es músico, labor que desempeña a pesar de que le faltan tres dedos —que su patrón le corta al intentar matarlo cuando se entera de la relación que tiene con Blanca—. Es un músico popular que alcanza reconocimiento nacional desproporcionado, amado por el pueblo y odiado por la oligarquía conservadora. También es ministro durante el Gobierno del Presidente y finalmente huye al exilio con su amor de toda la vida, Blanca. Se podría trazar un paralelismo entre este personaje y el músico chileno Víctor Jara, asesinado en el Estadio Monumental de Chile tras el golpe militar.

PANCHA GARCÍA

Pancha García es la hija de Pedro Primero, una campesina que muere de enfermedad en su vejez. Pancha es la primera mujer a la que Esteban Trueba, su patrón, viola en los matorrales del campo antes de su matrimonio, costumbre que replica un buen tiempo. Pancha además es concubina de Esteban hasta quedar embarazada de un hijo bastardo, que a su vez tendrá un hijo al que llamará Esteban García.

Pancha dedicará su vida a transmitirle a su nieto el odio que ella misma siente: odio por el patrón y su familia, odio por todo lo que debería ser suyo pero no puede serlo simplemente por culpa de su apellido.

ESTEBAN GARCÍA

Esteban García, nieto de Pancha, es quizás uno de los personajes más enigmáticos del libro. Se le menciona de manera muy esporádica, pero siempre se resalta su importancia como alguien que causó mucho daño a la familia Trueba. Esteban García es criado con el odio engendrado por su abuela, odio por ser bastardo, odio producto de los celos. Es quien delata el paradero de Pedro Tercero cuando el patrón lo está buscando para matarlo.

Así, Esteban Trueba le debe un favor que le paga al recomendarlo para la escuela de carabineros. Para cuando llega el golpe de Estado, García es coronel y cumple la misión de su vida: causarle dolor a los Trueba. Capturan a Alba bajo su orden y se dedica a torturarla y a violarla.

AMANDA

Amanda es la amante de Nicolás desde la juventud. Es una mujer delgada y esbelta, de semblante mortecino, admiradora del existencialismo de Sartre. La imagen de Amanda es muy marcada, pues se maquilla mucho los ojos y usa pulseras con sonajas y collares. Es una depresiva crónica y adicta a las drogas, las cuales parecen darle sentido a su vida. Durante su relación con Nicolás, ambos consumen hachís y opio. El romance llega a su fin cuando ella queda embarazada y le pide a Jaime que le realice un aborto.

Después de la operación, Amanda queda muy débil y Jaime se dedica a cuidarla. Pasan una temporada en «la casa de la esquina» y se acercan mucho. La muchacha nunca se despega de su hermano Miguel a quien ha criado como una madre. Finalmente se separa de la familia Trueba para años después reencontrarse con Jaime y Alba gracias a Miguel. Es capturada y torturada por el régimen unos años más tarde. Muere antes de revelar la identidad y paradero de su hermano.

MIGUEL

Mientras Amanda se recupera del aborto, Miguel se va a vivir con ella a la casa de la esquina, donde un día, mientras se esconde en un armario, ve nacer a Alba. Años después, mientras estudia en la universidad, se vuelve a encontrar con ella y se enamoran perdidamente. Miguel es un estudiante de Derecho con fuertes ideas de izquierda, muchísimo más radicales que las de los otros personajes de la novela: piensa que la derecha solo se puede combatir mediante las armas y la revolución sangrienta.

Cuando el golpe estalla, Miguel se une a la disidencia guerrillera, lo que lo separa de Alba y de su hermana. La primera es capturada bajo la excusa de que es amante de un guerrillero a quien esconde y la segunda muere defendiéndolo.

TRÁNSITO SOTO

Tránsito Soto es uno de los personajes más importantes de la novela, y el narrador lo afirma constantemente. Sin embargo, no se entiende el motivo hasta el final. Tránsito es una prostituta a la que Esteban Trueba conoce en el burdel cerca de su hacienda, y es la única con la que llega a tener afinidad, ya que en general las desprecia. Él le regala 50 pesos con la promesa de que algún día se los pagará con intereses.

A lo largo de sus 90 años, Esteban la visita en otras tres ocasiones: dos por placer, y una última para pedirle un favor. Tras cada visita, Tránsito se hace más poderosa, hasta tal punto de llegar a ser la dueña y directora del burdel más importante de la capital y tener fuertes relaciones con la junta militar que dirige la nación. Tras petición de Esteban, logra liberar a Alba Trueba de las garras de Esteban García y de la policía política por haberle prestado 50 pesos muchos años atrás.

CONSIDERACIONES FORMALES

GÉNERO: ¿REALISMO MÁGICO?

La casa de los espíritus se ha entendido y se ha catalogado dentro del realismo mágico, una corriente literaria que se gestó en el *boom* latinoamericano y cuyos grandes exponentes son escritores como García Márquez o Mario Vargas Llosa (nacido en 1936). Hablar de García Márquez y de *Cien años de soledad* es importante para el análisis de Isabel Allende y de su obra, altamente influida por la del nobel colombiano.

Por ejemplo, la estructura de las dos novelas, *Cien años de soledad* y *La casa de los espíritus*, es muy parecida: las dos son historias de familias fundadoras (aristocráticas dentro de sus respectivos círculos) en algún territorio latinoamericano, golpeadas por la política y el constante cambio y degradación de sus valores, en el que las personalidades y las formas de ser y de actuar se heredan y se perpetúan a sí mismas a través del ejercicio escritural. Incluso casos tan concretos como el de Remedios «La Bella» y Rosa «La Bella» y sus historias prácticamente iguales ofrecen un claro ejemplo de este paralelismo.

El género —que en principio se había pensado como una forma narrativa propia de Latinoamérica y como una herramienta para que esta se entendiera desde referentes propios y no desde referentes europeos— terminó haciendo lo contrario: convirtiéndose en un producto cultural para consumo del primer mundo.

Una de las características más importantes del género es el hecho de narrar de forma inverosímil situaciones reales, situaciones que además son difíciles por su complejidad política, lógica o por su extrema violencia. Si bien en la novela de Allende hay mucha fantasía, el recurso se emplea de forma distinta a como lo hizo García Márquez. Al mirar más de cerca el trabajo de Allende es posible entender que quizás no estemos hablando de realismo mágico en sentido pleno, sino más bien de una evolución, de una nueva corriente que pone en tela de juicio la anterior.

Esta tesis cobra sentido al observar detalladamente a la familia Trueba, que se puede dividir en dos: los Trueba materialistas y los idealistas, los primeros representados por el padre y los segundos por la madre. Los primeros son personas pragmáticas, más interesados por los asuntos del mundo, como la economía y las riquezas, el panorama social del continente y la situación política. Los otros, aunque habiten el mismo espacio, pasan más tiempo en un mundo abstracto y paralelo en el que habitan fantasmas y espíritus, en el que la mente mueve los objetos, en el que el futuro, el pasado y el presente conviven.

Estos dos tipos de Trueba conviven a la perfección y son perfectamente conscientes de los mundos del otro. Esta dualidad se puede pensar como un comentario al mismo realismo mágico: gracias a él, se percibió desde fuera a Latinoamérica como un pueblo sobrenatural, exótico, mágico y con un misticismo incomprensible; en contraste estaría la contraparte del continente, un pueblo pragmático, preocupado por luchas sociales y condiciones políticas particulares, en constante discusión consigo mismo.

FORMA, ESTILO Y LENGUAJE

Este es otro rasgo de la novela que inevitablemente remite a *Cien años de soledad*. Si bien el estilo es distinto y muy característico de cada uno de los escritores, la estructura narrativa es bastante similar. Ambos cuentan la historia de varias generaciones de una misma familia a través de una cronología compleja, alejada del modelo clásico lineal. Se podría quizás hablar de una cronología cíclica, una suerte de bucles que avanzan para luego retroceder y pasar por el mismo punto.

La estructura se mantiene casi siempre igual. Si bien hay un avance en el tiempo, este está marcado por una lógica particular, congruente con la de los personajes. Todo cobra sentido cuando nos enteramos en el epílogo de que Alba es quien narra y de que su materia prima son los diarios de su abuela. En el instante en que se devela este misterio, Alba explica que su abuela, «antes de [ordenar los textos que dejó escritos] de manera cronológica, lo[s] ordenó por sucesos y acontecimientos» (Allende 1983, 380). De igual manera, en varias ocasiones se menciona que Clara, en sus delirios de médium, parece coexistir entre pasado, presente y futuro. La estructura tiene la misma naturaleza, los eventos del pasado existen todo el tiempo en el presente y vuelven a la memoria del lector constantemente. Los personajes que se introducen son presentados no desde lo que son, sino desde lo que serán, desde el papel importante que llegarán a representar en esta historia. Se hacen saltos hacia delante de manera constante para presentar una situación que no se retomará hasta pasadas varias páginas o capítulos.

Es importante tener en cuenta que esto es una reconstrucción de una historia, una suerte de remembranza, en la que los dos narradores hablan de ese pasado, de ese momento en el que pasó un evento específico. Este tipo de narración posibilita saltar en el tiempo, hacer juicios sobre lo que pasó según las consecuencias que tendrán las acciones años después.

TEMÁTICAS Y CLAVES DE LECTURA

Una característica interesante de esta novela de Allende es que muchos de los temas se presentan y se representan mediante parejas. Se dice que la diferencia esencial entre la literatura y la historia es que, mientras la segunda trata hechos individuales, en el plano de lo anecdótico y particular, la segunda usa los hechos particulares para hablar de algo mucho más grande, de aquello que nos podemos tomar la licencia de llamar «lo universal humano». En el entramado narrativo de *La casa de los espíritus,* esa licencia se hace evidente por las relaciones de parejas, y muchas veces lo que le sucede a un individuo también le acontece a varios de su misma estirpe. Como ocurre en *Cien años de soledad*, las personalidades, las culpas y los castigos se heredan. Además, lo que se manifiesta en la singularidad de la acción de un personaje representa en numerosas ocasiones la situación de un país o de un continente entero.

LA POLÍTICA LATINOAMERICANA: LA ELIMINACIÓN SISTEMÁTICA DEL OTRO

Sin duda alguna, uno de los temas principales de la novela es la política, la tensión ideológica que existe entre dos extremos. El primero sería el pensamiento conservador, que se inclina hacia la derecha y que está conformado por una poderosa oligarquía con presencia rural y urbana. Dentro de la familia, esta posición está representada por el patriarca Esteban Trueba. En el otro lado están las posturas más progresistas, con el marxismo de base, que sintetizan distintas ideologías en el espectro de la izquierda: desde el socialismo de Jaime Trueba, marcado por una entrega y solidaridad casi cristiana, hasta el comunismo combativo de Miguel. Es una tensión propia de un momento histórico latinoamericano, de una suerte de despertar popular generalizado que surge como respuesta al largo periodo de gobierno por parte de los políticos tradicionales.

Sin embargo, estas luchas políticas trascienden las ideologías mismas, ya que son luchas antiguas que tienen origen en la posesión de la tierra, en la sangre y en la tradición. De lo que habla el eterno conflicto político de la novela y de todo el continente es de una cultura de la subordinación y de unas dinámicas de violencia normalizadas. Tras las independencias latinoamericanas, antes que reforma hubo un relevo de mandos; antes que revolución y reconstrucción hubo un simple cambio de la mano que blandía el látigo. Las dinámicas de servidumbre fueron de hecho reforzadas y sofisticadas por las oligarquías en un juego que engendró odios y rencores que a su vez se transformaban en represalias y venganzas por ambas partes. Esto reprodujo un círculo de odio constantemente presente en la novela. Es el odio por el odio y la violencia por la violencia, que se extiende a través del tiempo con las manos del hombre como instrumento.

Un claro ejemplo de este aspecto es la reflexión final de Alba: «Quiero pensar que mi oficio es la vida y que mi misión no es prolongar el odio, sino sólo llenar estas páginas mientras espero el regreso de Miguel [...] mientras aguardo que lleguen tiempos mejores, gestando a la criatura que tengo en el vientre, hija de tantas violaciones, o tal vez hija de Miguel, pero sobre todo hija mía» (Allende 1983, 379-380).

LA FAMILIA Y LOS VALORES

La familia Trueba ejemplifica a la perfección la dinámica de los temas presentados a partir de parejas de personajes. Se trata de una proyección de la nación: las luchas internas de la familia, la disposición jerárquica y la tensión entre los valores son una viva representación del proceso exacto que están viviendo el país y el continente de forma paralela. En esta medida, algo que llama la atención es el tema de los valores familiares y de la tensión que el tiempo genera sobre los mismos. Es una tensión constante entre la posición reaccionaria de Esteban, el patriarca, y sus hijos y subordinados, y se debe a su terquedad inamovible frente a cualquier política progresista y equitativa. Además, la posición de Esteban Trueba es reafirmada con violencia, antes que con diálogo.

Esteban es la representación del conservadurismo latinoamericano, que en el afán de preservar sus valores y su modo de vida latifundista y poderoso prefirió destruir todo lo que le rodeaba antes de aceptar el cambio. Esteban echa a sus hijos, golpea a su esposa y maldice a sus trabajadores, tal y como hizo el régimen militar, que prefirió —en defensa de unos valores más propios de la Colonia que de la República— destruir hasta los cimientos del Palacio de Gobierno antes de ver un marxista ocupándolo.

EL FEMINISMO Y LA LIBERACIÓN DE LA HISTORIA

La feminista francesa Hélène Cixous (nacida en 1937) habla en uno de sus trabajos sobre la inherente bisexualidad femenina, entendida en términos del lugar interno de la mujer en el que habitan ambos sexos. Según Cixous, esto le brinda la habilidad del cambio, de reformarse constantemente a sí misma, de ser el otro e ir más allá de sí misma y de sus intereses. En contraste, el hombre tradicional debe probarse a sí mismo en un proceso de «acumulación de masculinidad», de refuerzo de sus mecanismos de poder, de virilidad, en un proceso ególatra que lo disminuye, lo encierra y lo reduce a su ser más básico, a su posibilidad más predecible.

Este proceso se hace presente en la novela de Allende de una forma muy explícita: mientras que los hombres reproducen en esta búsqueda de «acumulación de masculinidad» dinámicas de odio y represión, las mujeres hacen todo lo contrario. El ejemplo predilecto de lo primero es Esteban, que en su afán por mantener su posición de patrón, de macho, de político redentor de la patria y de las buenas costumbres, termina destruyendo todo a su paso —a su familia, a su país—. Esteban es el producto histórico del colonizador, su representante en el presente, su reemplazo. En el otro extremo del espectro están las mujeres Trueba como Clara, que no justifican la violencia, que la frenan, que se liberan del peso de la historia y que plantean una nueva alternativa. Mujeres que, en definitiva, son capaces del cambio y de la mutación.

La rebelión de la mujer es una rebelión silenciosa. En el momento en que Esteban golpea a Clara, esta no le vuelve a hablar en toda su vida. Sin embargo, ella es la única capaz del perdón, de no perpetrar la espiral del odio. Igualmente, su nieta Alba es capaz de abstraerse de la historia y ver el círculo de violencia que la ha engendrado: el abuelo Trueba, que viola a una campesina, y el nieto de esta, que años después viola a la nieta de Trueba en una suerte de venganza eterna que ella, a través del silencio, la reflexión y la rebelión interior logra superar, trascendiendo la historia.

EL TEMPLO DEL AMOR

El amor es un tema que ha sufrido un giro interesante en nuestros tiempos. El amor, que fue el motor de los más bellos versos de Garcilaso, se piensa hoy en día como una cosa mundana e incluso como una cursilería. En contraste, el intelectual parece rehuirle, teorizarlo demasiado. Sin embargo, el amor es un denominador común: todos lo sentimos por algo o por alguien al menos una vez en nuestras vidas.

Esta popularización del amor se ha convertido en una simplificación del mismo. Por medio de la televisión y del cine, el sentimiento más complejo de nuestra especie se ha reducido a una fórmula de perfección lejana a la realidad, al amor que en cualquier comedia romántica nace, crece, pasa por una crisis que obligatoriamente es superada y lleva a los personajes a vivir felices para siempre. El sentimiento, sin embargo, es mucho más complejo, y la novela de Allende desvela algunos de los matices de esta complejidad.

Es así que, en la novela, hay amores que se gestan en la contradicción, como por ejemplo el que siente Férula por Clara y que constantemente roza el lesbianismo —un amor que remueve las fibras más recónditas de Férula, una mujer exageradamente cristiana—. Está el amor que eventualmente cae en la contradicción, como el de Esteban Trueba por su esposa, que aunque la ama como a nada en el universo y está obsesionado con ella, no es capaz de apaciguar su carácter colérico. Hay amores que torturan, como el de Jaime por Amanda, pero que por mucho dolor que le causen no logran convencerlo para pasar de la posibilidad a la acción. También existen amores que no se sienten necesariamente por una persona sino más bien por una idea, como el de Miguel, que antes que huir con Alba para formar una vida juntos, se casa con su pensamiento y decide unirse a la guerrilla.

El tema general del amor en la novela no es uno, sino que abarca todos los amores posibles que presenta, las complejidades y particularidades, los matices que se oponen a esa idea que el cine y la televisión han generalizado. Esa idea del amor de fórmula, el amor perfecto que se efectúa y se completa de forma instantánea, que no considera las complejas condiciones sociales, culturales y en general históricas; ese amor falso que a fin de cuentas parece decirnos de forma descarada que todos somos y debemos ser exactamente iguales, en cualquier tiempo y en cualquier lugar.

PISTAS PARA LA REFLEXIÓN

ALGUNAS PREGUNTAS PARA PROFUNDIZAR EN SU REFLEXIÓN...

- La mayor crítica que se hace de la literatura de Isabel Allende es que es una narrativa *light* y comercial. ¿Está de acuerdo? ¿Qué elementos de *La casa de los espíritus* permitirían argumentar o negar esta afirmación?
- *La casa de los espíritus* es una novela que se suelen encasillar dentro del realismo mágico. ¿En qué otra corriente literaria cree que puede enmarcarse la novela?
- Si bien se puede argumentar que el papel de las mujeres en la novela es esencial y que la novela representa mujeres fuertes e independientes, ¿es posible afirmar que esta es una novela feminista en su totalidad? ¿Qué problemáticas exhiben las mujeres representadas en la novela frente a sus contrapartes masculinas?
- Las representaciones femeninas volcadas en la novela son de hace más de 30 años. ¿Cómo

se comparan con las representaciones de la mujer actual? Piense en un libro, una película o una serie de televisión reciente y compare a los personajes femeninos con los de *La casa de los espíritus*.

- El personaje de Pedro Tercero se ha tomado como una interpretación y adaptación del músico Víctor Jara en la novela. ¿Qué otros personajes históricos pueden identificarse en *La casa de los espíritus*?
- Esta novela se compara constantemente con *Cien años de soledad*. ¿Con qué otras obras literarias encuentra similitudes?
- En la novela se ilustra la segregación social latinoamericana dentro de la cual la gente nace en una clase social y se queda en ella toda su vida, sin posibilidad de movimiento. ¿Piensa usted que esto es una realidad hoy día? ¿Cuáles serían los factores sociales y políticos que permiten esto? ¿Son los mismos que se ilustran en la novela?
- Las posturas políticas que muestra la novela son representaciones del clima político latinoamericano de la época, que se debatía entre las posturas hijas del marxismo y el conservadurismo y la derecha. ¿Cómo ha cambiado el

clima político latinoamericano? ¿Cómo han cambiado las dinámicas políticas con respecto a las presentadas en la novela?

- En la obra, Clara Trueba cuenta que la caridad es más una manera de lavar la conciencia que un acto real de justicia. ¿Qué opina al respecto? ¿Cuál sería un acto de justicia real?

¡Su opinión nos interesa!
¡Deje un comentario en la página web de su librería en línea,
y comparta sus favoritos en las redes sociales!

PARA IR MÁS ALLÁ

EDICIÓN DE REFERENCIA

- Allende, Isabel. 1983. *La casa de los espíritus.* Barcelona: Plaza & Janes S. A. Editores.

ESTUDIOS DE REFERENCIA

- Boschetto, Sandra M. 1989. "Dialéctica metatextual y sexual en *La casa de los espíritus* de Isabel Allende". *Hispania,* vol. 72, n.º 3, 526-532.
- Godoy R., Carmen Gloria. 2008. *La casa de los espíritus: familia, nación y clases.* Consultado el 24 de julio de 2016. https://pendientedemigracion.ucm.es/info/especulo/numero38/casaespi.html
- Meyer, Doris. 1990. "'Parenting the text': Female Creativity and Dialogic Relationships in Isabel Allende's *La casa de los espíritus*". *Hispania*, vol. 73, n.º 2, 360-365.

PELÍCULA

- *La casa de los espíritus*. Dirigida por Billie August, con Jeremy Irons, Winona Ryder, Glenn Close, Meryl Streep y Antonio Banderas. Estados Unidos y Alemania: Miramax Films y Neue Constain Film, 1993.

OBRA DE TEATRO

- Svich, Caridad y José Zayas. 2009. *La casa de los espíritus*. Nueva York: Teatro Repertorio Español.

LECTURAS RECOMENDADAS

- Michaud, Sandra. 2003. *Ensayo final:* La casa de los espíritus *de Isabel Allende*. Ensayo, Universidad Concordia.

www.resumenexpress.com

ISBN ebook: 9782806289360

ISBN papel: 9782806289377

Depósito legal: D/2016/12603/752

Cubierta: © Primento

Libro realizado por Primento, el socio digital de los editores